CATALOGUE

DES

TABLEAUX

ANCIENS

DES DIFFÉRENTES ÉCOLES

FORMANT LA COLLECTION

DE

Commandeur JUAN GIRÓ DE MÁLAGA

DONT LA VENTE AURA LIEU

HOTEL DROUOT

SALLE N° 9

Le Samedi 22 Février 1868

A DEUX HEURES

Par le ministère de M° **ESCRIBE**, Commissaire-Priseur,
rue Saint-Honoré, 217,
Assisté de **M. HORSIN DÉON**, Peintre, rue des Moulins, 15,
Chez lesquels se distribue le présent Catalogue.

EXPOSITION PUBLIQUE

Le Vendredi 21 Février 1868, de une heure à cinq heures.

PARIS

RENOU & MAULDE

IMPRIMEURS DE LA COMPAGNIE DES COMMISSAIRES-PRISEURS
Rue de Rivoli, 144.

1868

CATALOGUE

DES

TABLEAUX

ANCIENS

DES DIFFÉRENTES ÉCOLES

FORMANT LA COLLECTION

DE

Commandeur JUAN GIRÓ DE MÁLAGA

DONT LA VENTE AURA LIEU

HOTEL DROUOT

SALLE N° 9

Le Samedi 22 Février 1868

A DEUX HEURES

Par le ministère de M° **ESCRIBE**, Commissaire-Priseur,
rue Saint-Honoré, 217,

Assisté de **M. HORSIN DÉON**, Peintre, rue des Moulins, 15,

Chez lesquels se distribue le présent Catalogue.

EXPOSITION PUBLIQUE

Le Vendredi 21 Février 1868, de une heure à cinq heures.

PARIS — 1868

DÉSIGNATION

ÉCOLE ESPAGNOLE

ALFARO DE GAMEZ

1 — Un Cardon, des Oranges et un Couteau sur une table.

ARIAS FERNANDEZ (Antoine)

2 — Christ en croix.

ARTEAGA D'ALFARO

3 — Palais en ruines et Vue de ville.

4 — Palais et Ville en ruines.

CAMPROBIN (Pierre de)

5 — Des Poires et des Fleurs dans un plat d'argent.

CANO (Don Sébastien del). Signé

6 — La Tête de Saint Jean et une Épée déposées sur une table de pierre.

CARDENAS (Jean de)

7 — Des poires, des Prunes, des Cerises, des Fraises et autres Fruits sur une table de pierre.

CARENO (Jean)

8 — La Vierge et l'Enfant.

Composée et dessinée dans le goût de Van Dyck, cette belle Sainte-Famille possède l'aspect des œuvres de ce grand maître qui furent pour Careno des modèles affectionnés.

CERECEDO (Jean de)

9 — La Vierge de Belen.

CEREZO (Mathieu)

10 — Sainte Claire.

Vue à mi-jambe elle tient un chapelet d'une main et de l'autre un ostensoir. Gracieuse petite figure d'une couleur brillante.

CORTE (Jean de la)

11 — Paysage et figures.

A droite, la campagne avec fabriques, à gauche, un bois traversé par des cavaliers que des voleurs attaquent et dévalisent.

Ce paysage d'une très-belle couleur, consciencieusement peint, se distingue encore par des figures remplies de mouvement et spirituellement touchées.

CUBRIAN (François)

12 — Sainte Madeleine.

MURILLO (Barthélemy-Esteban)

13 — Les Funérailles de la Vierge.

Esquisse terminée.

14 — Un Agneau lié sur une table.

MURILLO (Attribué à)

15 — Le petit Saint Jean endormi, couché sur la terre.

RIBERA (Joseph)

16 — Saint Jérôme.

Assis dans l'intérieur d'une grotte, entouré de vieux livres, le saint anachorète est interrompu dans ses pieux travaux par la trompette de l'archange qui retentit à ses oreilles.

TAPIA (Pierre-Jean)

17 — Tableau de salle à manger.

Une Glacière, des Vases de terre et de verre, une Corbeille remplie de gâteaux de différentes espèces sont déposés sur des murs d'appui et sur une table recouverte de velours rouge.

YEPES (Thomas de)

48 — Tableau de salle à manger.

Un Pain, des Vases de faïence, des Poissons, un Citron sur des tables de pierre, puis une tranche de Jambon accrochée à la muraille.

Une grande vérité, une excellente couleur distinguent ce bon tableau.

INCONNUS

19 — Trompe-l'œil.

Ce sont des Gravures, un Papier de musique, un Tableau flamand, une Fiasque et une Mandoline accrochés ou cloués au mur.

Grande vérité et excellente exécution.

20 — Femme allumant une lampe à un tison.

21 — Abricots dans un plat d'argent.

22 — Petit Paysage.

23 — Id. (Son pendant.)

DIVERS

24 — Sacrifice chez les anciens.

25 — Saint Pierre et Saint Paul guérissant un possédé.

26 — Têtes d'hommes à barbe.

27 — Fruits et Oiseaux.

28 — Un Chat sur une table où sont encore une Aiguière et son Plateau en argent.

29 — Étude de Têtes d'hommes à barbe.

DIVERS

30 — Le Loup et la Cigogne.

31 — Des Poissons.

32 — Portrait de religieux écrivain.

33 — Portrait d'Alonzo Cano.

34 — Portrait de Miguel Cervantès de Saavedra.

35 — Portrait de Marina.

36 — Portrait de Gonzalve de Cordoue.

ÉCOLE ITALIENNE

BASCARINI (JOSEPH)

37 — Portrait de l'abbé Andrey.

38 — Portrait de Pablo Olavide.

39 — Portrait de Pie VI.

40 — Portrait d'un Pape.

41 — Portrait d'un auteur.

42 — Portrait d'un auteur.

GIORDANO (Luca)

43 — Conversion de Saint Paul.

44 — Saint Jacques vainqueur des Maures.

45 — Tête d'homme.

Bonne étude librement exécutée.

GRAZIANI

46 — L'Embuscade.

47 — La Déroute.

48 — Siége de ville.

49 — Ville prise.

GUIDE (École du)

50 — Hérodiade.

51 — Judith.

RAPHAEL (D'après)

52 — La Vierge à la chaise.

ROSA DI TIVOLI (Philippe)

53 — Paysage et Animaux.

A peu de distance d'une ferme qui occupe la droite du tableau, des Vaches, une Chèvre et des Moutons sont gardés par un homme et une petite fille.

ROSI (Joseph). Signé Roma, 1770

54 — Notre-Seigneur institue le Sacrement de l'Eucharistie.

Jésus ayant béni et rompu le pain, il l'offre aux apôtres. Saint Pierre s'est agenouillé pour recevoir cette nourriture spirituelle, et chacun des disciples par ses gestes, ses attitudes, montre dans ce bon tableau toute l'impression que produit sur lui cette scène d'un sublime dévouement.

ROSSELLI (Matteo). Signé 1603

55 — La dernière Cène.

Assis à table avec ses douze disciples, Notre-Seigneur, les yeux levés au ciel, bénit le pain qu'il vient de rompre. Son attitude exprime un sentiment d'abnégation si complète que tous les apôtres en sont remplis d'admiration et de respect. Saint Pierre à sa droite s'incline en croisant les mains sur sa poitrine. Saint Jean à sa gauche, les mains jointes, semble pénétré plus que tous autres de l'immensité du sacrifice.

Judas, assis isolément au centre de la table, en face de Jésus, semble rester étranger à cette scène émouvante.

Tableau capital d'une couleur vigoureuse et puissante qui se distingue encore par des expressions de têtes rendues avec un sentiment profond de délicatesse.

TAVELLA (Ch. Antoine)

56 — Paysage et Animaux.

URBANO (Pietro)

57 Jésus au jardin des Oliviers.

Sur le premier plan, les disciples discutent les événements qui s'accomplissent. Au loin, sur la montagne, Pierre, Jacques et Jean endormis, puis Notre-Seigneur auquel un ange présente le calice. Au second plan arrivent les Juifs pour s'emparer de Jésus.

ÉCOLE GÉNOISE

58 — Portrait d'André Doria.

ÉCOLES ALLEMANDE, FLAMANDE & HOLLANDAISE

BOUT (François)

59 — Paysage avec Danse villageoise.

BISCAYE

60 — Résurrection de Lazare.

Jésus entouré de ses disciples, ayant à sa gauche saint Pierre et saint Paul, vient d'ordonner d'ouvrir la tombe du frère de Marthe qui est agenouillée sur le premier plan. Lazare, retiré en partie du tombeau, recouvre la vie au milieu de tous les siens stupéfaits d'un tel prodige.

Composition importante d'une couleur brillante.

BRAUWER (Adrien)

61 — Intérieur d'Estaminet.

Deux Flamands, l'un debout, l'autre assis devant une table sur laquelle se voient une cruche et une serviette, fument et boivent. Dans le fond, entre un homme chargé d'un gros et lourd pot de terre.

DECKER (Conrad)

62 — Habitations rustiques et Figures.

FRANCK (Jean-Baptiste)

63 — La Vierge et Saint-Joseph aidés dans leurs travaux journaliers par l'Enfant Jésus et Saint-Joseph.

HEEM (Genre de de)

64 — Fruits et Accessoires.

Citron, raisin, melon, huîtres, verre de vin, cruchons et autres déposés à terre.

KONING (Philippe). Signé

65 — Le Vin nouveau.

Autour d'une table sont réunis de braves Hollandais s'apprêtant à faire fête au contenu d'un tonneau couronné de rameaux de vigne placé devant eux et à la gauche du tableau.

MEULENAER (Pierre)

66 — Choc d'escadrons de cavaliers revêtus d'armures.

MENGS (Raphael)

67 — Portrait d'une infante.

Cette enfant est assise dans un fauteuil et porte sur sa poitrine l'ordre de la Toison-d'Or ainsi que le Cordon bleu en sautoir,

68 — Portrait d'un infant.

Ce petit prince est assis sur des coussins tenant un hochet dans la main.

NICASIUS (Bernard)

69 — Chasse à l'ours.

PALAMEDE (Stevens)

70 — Choc de cavalerie.

Bon tableau dans la manière de Wouwermans.

ROTTENHAMER (Jean)

71 — Le Banquet des dieux.

Composition capitale : Femmes, Enfants, Fleurs, Fruits, Accessoires, Paysage-marine sont exécutés avec soin et possèdent encore un coloris rempli de fraîcheur.

RUBENS (École de)

72 — Sujet de la Fable.

Plusieurs jeunes Femmes, parmi lesquelles en est une vieille, découvrent dans une corbeille un enfant dont les jambes, à leur grand étonnement, se terminent en queues de poisson.

SWANENBURG

73 Paysage montagneux avec Village, Figures et Cavaliers.

TENIERS (D'après)

74 — Corps de garde avec la prison de saint Pierre dans le fond.

WOLLOERT (P.). Signé

75 — Paysage-Marine.

La vue est prise aux bords de la Méditerranée aux environs d'un petit port de mer. — Effet de Soleil couchant. De nombreuses petites figures l'animent.

INCONNU

76 — Portrait d'homme cuirassé. (Buste.)

ÉCOLE FRANÇAISE

DELARIVE (A.). Signé

77 — La Foire de Mairena.

Autour des bâtiments d'une forge devant la porte de laquelle un maréchal ferre un cheval, de nombreux maquignons sont réunis, ainsi que des chalands qui essaient leurs chevaux. Un picador entre autres fait manœuvrer un joli cheval devant un groupe d'amateurs qui suivent avec grand intérêt l'élégant cavalier.

78 — Chasse au Loup.

Dans un bois, dames et chasseurs à cheval, meute et piqueurs atteignent un énorme loup que d'autres personnages en embuscade s'apprêtent à tirer.

Ces deux agréables tableaux d'un maître français assassiné fort jeune à Naples, méritent l'attention des amateurs, d'autant que ses œuvres nous arrivent toutes d'Espagne où il semble qu'il ait résidé assez longtemps.

SARAZIN

79 — Paysage-Marine.

La mer est houleuse et le temps orageux ; barques et figures.

SAUVAGE

80 — Jeune femme bandant les yeux de l'Amour.

81 — Enfance de Bacchus.

Deux bas-reliefs trompe-l'œil imitant le bronze.

82 — Sous ce numéro les Tableaux non catalogués.

Renou et Maulde, Imprimeurs de la Compagnie des Commissaires-Priseurs, rue de Rivoli, 144.   11508

RED. :

19

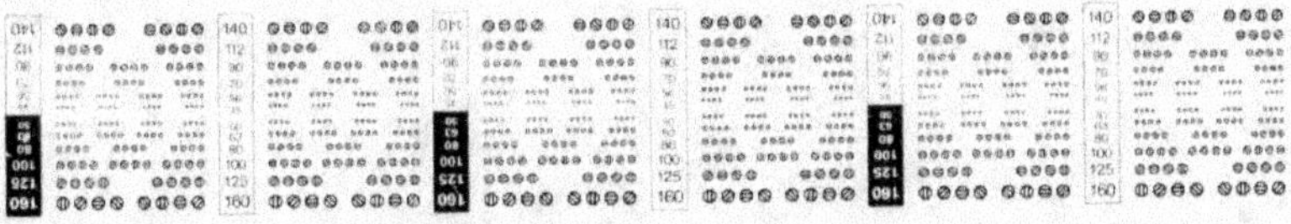

graphicom

0 1 2 3 4 5 6 7 8 9 10